Johanna Spyri

Ein Blatt auf Vronys Grab - Erzählung

Vierte Auflage

Johanna Spyri

Ein Blatt auf Vronys Grab - Erzählung
Vierte Auflage

ISBN/EAN: 9783743628533

Hergestellt in Europa, USA, Kanada, Australien, Japan

Cover: Foto ©Andreas Hilbeck / pixelio.de

Weitere Bücher finden Sie auf **www.hansebooks.com**

Ein Blatt auf Vrony's Grab.

Ein Blatt auf Vrony's Grab.

Erzählung
von
Anna Spyri.

Vierte Auflage.

Bremen,
Verlag von C. Ed. Müller.
1883.

> Schifflein der Fluth!
> Ueber ein Kleines — so ruht
> Süß sich's am heim'schen Gestade.
> Meta H.-Schw.

Als ich in den Septembertagen von den Bergen nach der Stadt zurückkehrte, war mein erster Gang hinaus nach dem Krankenhause vor der Stadt, wie auch vor der Abreise das mein letzter Gang gewesen war. Schon an der Pforte trat mir die wohlbekannte Diakonissin entgegen und, nach der nahegelegenen Kirche hinweisend, sagte sie: „Sie schläft schon drüben."

Ich fragte nach der Nummer des Grabes; ich wußte, daß dieses Grab von keiner Hand der Liebe geschmückt oder auch nur bezeichnet worden war, und ging nach dem Gottesacker hinüber. Da lag die friedliche Stätte. Die Abendsonne warf ihre letzten Strahlen auf den grünen Grabhügel, und drüben leuchteten die Schneeberge wie ehemals, da sie mit mir in der Abendsonne über die Hügel streifte, die nun zur Ruhe gegangen war. Wie lag damals das Erdenleben so reich vor uns, so weit und voll unbekannter Herrlichkeit! — Konnten so viele Jahre vergangen sein seit jener Zeit?

Mir war, als hörte ich die wohllautende Stimme, die nun verklungen, mir noch einmal die Worte singen:

"Warte nur, balde, balde
Schläfst auch du!"

Auf deinem Grabe steht kein Kreuz und Niemand kennt hier deinen Namen; aber für mich knüpfen sich reiche Erinnerungen daran. Ich will ein Blatt auf dein Grab legen; vielleicht liest es Einer und freut sich dann mit mir, daß du nun gefunden: "Zur Ruh' ein Bettlein in der Erd'."

Es steht ein altes Haus neben der kleinen weißen Kirche des Bergdorfes, wo ich reichlich zwanzig Jahre gelebt und mit offenen Augen und von ganzer Seele die Herrlichkeit genossen habe, die Gott über dieses Fleckchen Erde ausgegossen hat. Dieses alte Haus war das Schulhaus, wo ich mit den Kindern des Dorfes meinen ersten Unterricht empfing, der weniger darin bestand, daß uns gegeben wurde, was wir brauchten, als darin, daß wir nehmen konnten, was wir wollten, und ich wollte wenig. Wenn ich ungefähr wußte, um was es sich handelte, damit ich eine ungefähre Antwort bereit hätte, wenn ich befragt würde, so war ich zufrieden. Da ich den äußersten Platz auf unserer Bank ganz nahe am Fenster hatte, so schaute ich meistens über die grüne Wiese hin, wo der Sonnenschein so warm am Boden lag und wo die weißen Schmetterlinge so wonnig in die blaue Luft stiegen — und weiter hinaus nach dem schmalen Wiesenwege, der den Hügel hinunter führte unter den Eschen durch, wo der Wind so herrlich über Einem rauschte. Wenn man nur darunter stände!

Nicht viel tugendhaftere Gedanken bewegten derweilen das Herz der Küstertochter Veronika, die neben mir auf der Schulbank saß, „Küsters Vrony" unter uns genannt. Auch sie hatte wenig wissenschaftliche Bestrebungen, dagegen für alles Komische einen besonders offenen Sinn, für dessen Entwickelung sie die Schulstunden vorzüglich geeignet fand. Ich leistete ihr dabei treulich Hülfe.

Schon ihr Gesicht hatte für mich etwas zu dieser Thätigkeit besonders Anregendes. Es war, als wenn die verschiedenen Theile gar nicht zusammengehörten. Die grauen Augen sahen Einen durchdringend klug an, indessen die kleine runde Nase einen solchen Ausdruck von Naivität mit sich führte, daß man ihr das Aeußerste in dieser Richtung hätte zutrauen können, wenn nicht die schelmischen Mundwinkel von unten herauf sich wie darüber moquirt hätten. Wir waren nahe befreundet. Anschauen konnten wir uns nie, ohne daß uns ein unwiderstehliches Lachen ergriff, theils in Erinnerung dessen, was wir uns mitgetheilt hatten, theils in Ahnung dessen, was wir uns gleich mittheilen würden. Das brachte uns in manche Verlegenheit, denn das eine Auge des alten Schullehrers war doch etwa auf seine Schule gerichtet, indeß das andere die Zeitung las.

O welche Töne glückseliger Befreiung hatte doch jene Vier-Uhr-Glocke, die täglich ersehnte! Dann ging die Thür auf, und hinaus stürmten wir in den Abendwind, zu jauchzen und zu lachen endlich in ungehemmten Strömen. Am spätern Abend fanden wir uns gewöhnlich noch einmal zusammen, wenn der Tag sich neigte; da hatte Vrony noch einen freien Moment. Dann rannte ich den Hügel hinunter. Auf dem Rasenplatz bei der Kirche erwartete mich Vrony. Dann kletterten wir auf die Kirchhofsmauer und sprangen auf der andern Seite hinunter auf den Weg und rannten davon über die Wiesen nach dem Rasensitz, wo die Eschen rauschten, und der Himmel gegen den Abend golden glühte. Drüben standen die dunkeln Felsenspitzen des Pilatusberges auf dem lichten Abendhimmel, und die Hügel umher lagen so lockend grün im Abendschein. Dann tönte die Betglocke von der nahen Kirche herüber; wir standen still und lauschten und schauten nach dem verglimmenden Licht fern hinter den Felsenzacken.

Oft erstaunte mich Vrony an solchen Abenden. Wenn wir so dastanden, sah ich auf einmal, wie aus ihren Augen ein seltsam warmer Strahl der sinkenden Sonne nachglühte, und ein Hauch der Verklärung über ihr Gesicht kam, daß mich der Gedanke durchfuhr: Wenn Vrony ein verlornes Königskind wäre! Wenn dann aber der alte Küster mit seinen Kirchenschlüsseln heranrasselte nach dem Verstummen der Betglocke, verwandelte sich plötzlich Vrony's Ausdruck und ganzes Wesen; sie kehrte sich um und sah ganz gewöhnlich aus, nur etwas verhaltener Grimm saß ihr in den Augen. Schweigend trennten wir uns, wir fürchteten Beide den alten wortlosen Küster. Vrony folgte ihrem Vater; es war für sie Zeit, an die Arbeit zu gehen. Wenn ich dann nach einigen Streifzügen durch die Dämmerung wieder über den stillen Wiesenpfad zurückkehrte, trat ich noch an das niedrige Fenster der Küsterwohnung und sah drinnen beim matten Schein der Oellampe den alten Küster mit seinem grauen, unbeweglichen Gesicht am Webstuhl sitzen, und hinten an der Wand Drony mit ihrem Spulrad drehend und drehend ohne Unterbrechung, als ob ein inneres Feuer die Finger und das Rad antriebe fort und fort. Drony hatte keine Mutter mehr; sie hatte für sich und den Vater Haus zu halten; daneben mußte sie dem alten Küster und Seidenweber überall an die Hand gehen, so auch die kleinen Seidenspulen am Rade drehen, die er in großer Anzahl bedurfte, so daß Drony noch allabendlich eine große Aufgabe zu lösen hatte, wenn andere Kinder längst Lust und Leid des Tages verschlafen und vergessen konnten. —

Drony hatte Charakter. Das hätte ich zwar damals nicht so zu nennen gewußt, aber es war die eine Seite ihres Wesens, die mich zu ihr zog; die andere war das Poetische, Phantasievolle, das sie wohl unmittelbar aus der Poesie weckenden Natur, die uns umgab, geschöpft hatte. Gewiß war wenigstens in dieser Umgebung der Keim zur Entfaltung gekommen, wie es kaum geschehen wäre anderswo. Das kam aber Alles mehr in ihrem Sein und Wesen, als gerade in Worten zum Vorschein; doch konnte sie etwa auch einmal in Worten heraustreten, aber nur, wenn wir allein waren, wie an jenem Frühlingsabend, da ich dich herauslockte, gute Vrony! Ich habe mir das nie verziehen, du aber wohl, du meintest nicht einmal, daß du mir zu verzeihen hättest.

Es war in den ersten Apriltagen; der Föhn hatte den letzten hohen Schnee plötzlich weggefegt, und die Sonne lag warm auf den gelben Aurikeln im Garten. Ich stand am offenen Fenster und schaute nach dem Weg hinunter zur Kirche, den der Föhn über Nacht trockengelegt hatte. Eben fingen die Sonnabendglocken an, den Festtag einzuläuten; auf dem nahen Birnbaum saß eine Amsel und lockte süß hinaus in den Frühlingsabend — mich hielt es nicht mehr, hinaus mußt' ich.

In wenig Sprüngen war ich den Hügel hinabgerannt. Unter der Thür des Küsterhäuschens stand Vrony. Das war mir eben recht. „Komm schnell," rief ich, „die Sonne hat den Abhang bei der alten Eiche so schön trocken gemacht und unter der Hecke sind die Veilchen hervorgekommen; die wollen wir holen, komm schnell!"

„Ich muß scheuern," sagte Vrony mit ziemlich desperatem Ausdruck.

„Komm nur schnell," drängte ich, „wir reißen die Veilchen mit den Wurzeln aus; gleich sind wir wieder da!"

Das war genug. Hand in Hand rannten wir fort an der alten Scheuer vorbei — richtig, da lag der grüne Abhang ganz trocken in der Abendsonne, und die Vögel zwitscherten fröhlich darüber in der alten Eiche.

„Wir wollen hier auf den Boden sitzen," sagte Vrony; mir gefiel der Vorschlag.

Der Abend war wunderbar mild und lieblich; über uns ging ein leiser Windhauch durch die Zweige der Eiche, und unter uns rauschte die frische Stille ihre Wellen in's Thal hinab. Nun ging die Sonne hinter dem fernen Jura hinab, und die Gipfel der Schneeberge vor uns fingen an zu glühen. Vrony schaute unverwandt darauf hin.

„Was glaubst Du, das hinter den hohen Bergen liegt?" fragte sie plötzlich, und ohne eine Antwort abzuwarten fuhr sie gleich fort: „Sieh', wie das leuchtet! Ich glaube, dort hinten liegt ein großes, warmes Land, wo immer die Sonne scheint und schöne Gärten stehen mit rothen Blumen und goldgelben großen Aepfeln. Einmal habe ich das gelesen. Dort giebt es keine kleinen Häuser, wie bei uns, und so dunkle Stuben, wo man am Spulrad sitzen muß. O, ich wollte, ich könnte gleich dort hinüber fliegen über den leuchtenden Schneeberg, und ich flöge nie mehr zurück!"

„Was wolltest Du aber dort thun?" fragte ich.

Sie hing mit brennendem Blicke an dem rosig schimmernden Schneefelde und sagte endlich: „Ich wollte in einem schönen Garten sitzen, wo die fremden Blumen duften, und eine Harfe wollte ich haben, dann würde ich schöne Lieder machen und singen den ganzen Tag."

„Weißt Du, wie man Lieder macht, Vrony?" fragte ich.

„O ja," sagte sie, „wenn ich am Abend so lange in der dunkeln Stube am Spulrad sitzen muß, dann denke ich an schöne Lieder und Sonne und Blumen, und dann mache ich Lieder und singe sie inwendig in mir."

„Sag mir eines, Vrony."

Nun sagte mir Vrony zu meinem Erstaunen ein selbstgemachtes Lied, das mich ganz mitzog, wenigstens der Schluß, vom übrigen Liede weiß ich nichts mehr.

Am Schlusse hieß es:

„So eng ist das Küsterhaus!
Vater, ich muß hinaus!"

„Wie singst Du denn die Lieder?" fragte ich weiter.

„Jedes hat eine eigene Weise," sagte sie, „aber am Schönsten ist die Weise zu dem Vers von den Vöglein, den Du einmal gesagt hast; aber der Vers ist auch schöner als alle anderen Verse, und auch noch schöner als alle Verse im Gesangbuch.

„Sing' ihn einmal, Vrony."

Da sang sie mit sanfter Stimme in seltsam rührenden Tönen:

„Die Vöglein schlafen im Walde!
Warte nur, balde, balde
Schläfst auch du!"

„Vrony, was willst Du werden, wenn Du groß bist?" fragte ich dann.

„Ich will glücklich werden," antwortete sie zu meiner Ueberraschung. Ich dachte, sie würde etwa sagen: „eine Sängerin" und wollte gleich nachdenken, wie man das machen könnte. Aber Vrony hatte immer unerwartete Antworten. Ich glaube, ich sah sie etwas erstaunt an.

„Ja, ja," sagte sie, „es ist mein größter Wunsch, ich möchte so werden, wie glückliche Menschen sind. Eine große Freude möchte ich haben in meinem Herzen, die gar nicht mehr vergehen würde!" —

Die Berge waren verblichen; immer noch schauten Vrony's durstige Blicke nach dem Traumlande hinter den Schneebergen. Da entdeckte ich auf einmal den Abendstern über den dunkeln Tannen vor uns drüben am Hügel, und erschrocken fuhr ich auf:

„O Vrony, es wird gleich Nacht sein, und Du solltest ja scheuern!"

Ein leiser Schrecken fuhr auch über ihr Gesicht; aber er war gleich verschwunden. Sie stand auf und sagte ruhig:

„Nun bekomme ich Schläge, wenn ich heim komme, aber hier war's so schön! Ich will lieber eine Freude und dann Schläge, als gar nichts!"

Wir gingen stillschweigend den Rain hinunter der Küsterwohnung zu. Die Veilchen hatten wir ganz vergessen; das war mir gleichgültig, aber das machte mich traurig, daß Vrony nun Schläge bekommen sollte, und ich war ja schuld, daß sie fortgelaufen war. —

Vrony war zwei Jahre älter als ich. Das nahm man aber nicht so genau in unserer ländlichen Lehranstalt. Wir traten mit einander aus der Schule, und nun stieg Vrony vom Spulrad empor zum Webstuhl, der gewöhnlichen Arbeit der Frauen und Mädchen unserer Gegend.

Ich kam vom Vaterhause weg nach der Stadt, um nun auch einmal etwas pünktlich, nicht nur ungefähr zu erlernen. Nach einigen Jahren wurde ich noch weiter versetzt nach dem schönen Waadtland, damit die etwas störende Raschheit meiner Natur sich in französische Grazie verwandeln möchte, was nicht ganz gelang. Als ich nach den bestandenen Lehrjahren in's Vaterhaus zurückkehrte, da stand noch der alte Birnbaum an der Gartenhecke wie ehemals, und die Amsel sang darauf; drüben leuchteten die Schneeberge und von der weißen Kirche tönte die Abendglocke herauf wie ehemals — aber irgendwie war doch Alles anders. Die Menschen hatten sich alle verändert, die einen waren größer, die anderen kleiner geworden. Vrony war ganz verschwunden, kein Mensch wollte wissen, wohin. Ich hörte eine Geschichte, von der Niemand recht wußte, wie sie sich zugetragen hatte. Es war ein junger Zimmermann in's Dorf gekommen, der hatte ein hochfahrendes Wesen und so wilde, schwarze Augen, daß sich Jedermann vor ihm fürchtete und ihm aus dem Wege ging, nur Vrony nicht, wie sich bald erzeigte.

Kaum neunzehn Jahr alt, wurde sie eines Morgens dem schwarzen Zimmermann in unserer kleinen Kirche angetraut und zog als seine Frau sogleich mit ihm fort, und kopfschüttelnd schauten die Leute ihr nach. Was ich aber auch weiter gern erfragt hätte, es führte zu nichts, Niemand wußte Bescheid.

Es folgten nun Jahre, da neue Interessen in mein Leben kamen. Manches Durchlebte versank und verschwand, und mancher betretene Pfad verlor sich wieder: ich ging meine eigenen, besonderen Wege. Mit anderen Gestalten früherer Tage war auch Vrony, von der ich nie mehr hörte, aus meinen Gedanken fast ganz verschwunden; nur eine Stelle gab es, wo zuweilen die Erinnerung an sie auftauchte: am grünen Abhang unter der alten Eiche. — Oft schaute ich von jenem Hügel hinab nach dem Tannengrund, durch den das schäumende Bergwasser seine Wellen rastlos dahintrug, ewig wechselnd, ewig dasselbe. Am goldenen

Sommermorgen, wenn ringsum alles Menschen=
leben noch im Schlafe lag, stand ich schon oben,
um die Sonne aufgehen zu sehen, Morgenduft
trinkend aus der erwachenden Natur um mich
und aus den Gesängen der Odyssee, die ich
bei mir trug; und an demselben Tage, wenn
die letzten Strahlen der Abendsonne auf den
Schneebergen glühten, stand ich wieder oben:
„das Land der Griechen mit der Seele suchend."
So war es an einem milden Mai-Abend;
von der sinkenden Sonne beschienen lag das
Schneefeld der Klariden glühend vor mir! die
Hügel umher standen im ersten Grün, die Amseln
sangen süße Frühlingstöne über mir in den
Zweigen, und unter mir schäumten die Wasser
der Sille, geschwellt vom frischgeschmolzenen
Gletscherschnee. Meine Seele rief wonne=
trunken:

„Ja, alle Deine Wunderwerke
Sind herrlich wie am ersten Tag!"

Und zu der sichtbaren Herrlichkeit stieg vor

mir der Reichthum unsichtbarer Güter auf, die mich beglückten, und die ich zu schöpfen wußte aus allem Geschaffenen an der Hand des Dichterfürsten, der mich jenes Wort gelehrt. Er hatte mich zu Quellen geführt, an denen ich durstig trank und trinkend dürstete nach mehr, mit dem Wonnegefühl, daß die Quellen unerschöpflich und für jeden Menschendurst genügend seien. — Ich stand an die Eiche gelehnt; ein Windhauch wehte süßen Veilchenduft daher — da stand auf einmal Drony's Gestalt in frischer Erinnerung vor mir, und jener April-Abend tauchte mir auf, da sie neben mir gesessen hatte an dieser Stelle. Das ist die Freude, die nimmer vergehen kann und immer größer wird, die ich jetzt in meinem Herzen habe, sagte ich zu mir, ich möchte sie laut in alle Menschenherzen hineinrufen!

Gedankenverloren schaute ich nach dem blaßgolden gewordenen Abendhimmel, als mich ein herannahender Schritt aufweckte. Ich erkannte in der herankeuchenden Alten die Schneidersfrau, die alte Anne mit der scharfen Nase, die viele Jahre lang des Küsters nächste Nachbarin gewesen war, und die Vrony und mich jederzeit als ihre natürlichen Feinde betrachtet hatte, weil wir ihr zu viel lachten und nichts als Tücke im Kopfe hätten, wie sie sich ausdrückte.

Gleich stieg in mir der Gedanke auf, die könnte was von Vrony wissen, und ich rief ihr zu:

„Guten Abend, Frau Anne, es freut mich, Euch einmal wieder zu sehen."

„Wohlfeile Freude," sagte sie trocken, doch kam sie heran und gab mir die Hand. Ich fragte sie sogleich, ob sie mir etwas von Vrony sagen könne.

„Gewiß," sagte sie, „wir sind wieder Nachbarn."

Das machte mir Freude.

„So erzählt mir doch Alles, was Ihr wißt," sagte ich, „ich hatte Vrony recht lieb."

„Ja," sagte sie ziemlich verächtlich, „so lange man mit einander in die Schule geht und zusammen die Leute auslacht, hat man sich lieb, aber wenn es dem Einen gut geht, und das Andere steckt im Elend, dann weiß man nichts mehr von einander."

„Im Elend? ist denn Vrony im Elend?" fragte ich überrascht.

„Freilich ist sie," sagte die Alte; „wenn sie auch nichts sagt, so sieht man es ihr genug an; den alten Kopf hat sie immer noch und läßt sich nichts sagen, wie da sie ihn nahm."

„Sagt mir, Frau Anne," bat ich nun mit großem Interesse, „wißt Ihr, wie es kam, daß sie des Zimmermanns Frau wurde?"

„Ob ich das weiß?" sagte sie achselzuckend, und kam dann, wie ich gewünscht, in's Erzählen:

„Ich war ja damals in der nächsten Thür,

ich sah Alles. Ich habe ihr genug abgerathen, der Zimmermann sah aus wie Einer, dem der Böse keine Ruhe läßt, so wild funkelten seine Augen im Kopf herum; aber er war weit herumgekommen und konnte erzählen wie ein Kalender vom Meere und von den großen Schiffen und von fernen Ländern, wo fremde Bäume stehen und farbige Vögel drauf sitzen und große rothe Blumen glühen darunter wie Feuer. Wenn er so erzählte, da paßte Vrony aber auch auf, als wäre es Schade für jedes Wort, das daneben käme. Als ich das sah, sagte ich einmal zu ihr: „Vrony, Du läufst in's Unglück." Da lachte sie laut auf, als ob das ein besonderer Spaß wäre.

„Einmal kam ich spät Abends dieses Weges, da stand sie hier unter der Eiche, wo wir jetzt stehen, und schaute ganz stramm gegen den Abendhimmel hin, als sähe sie etwas Besonderes.

„Vrony," sagte ich, „laß Du den laufen,

oder Du lachst nicht lange mehr!" "Ich will nicht," sagte sie, "ich will hinaus, und er geht weit fort mit mir."

"Drony hatte immer unnützes Zeug im Kopfe und konnte nicht thun wie die Anderen; so mußte sie auch Einen nehmen, vor dem alle Anderen liefen."

"Wo gingen sie denn hin mit einander?" fragte ich.

"Das kann ich nicht sagen," fuhr die Alte fort, "aber nach einigen Jahren waren sie auf einmal wieder da, und unversehens waren wir wieder Nachbarn im Dorf drüben."

"Wie lebt Drony jetzt? Sieht sie noch aus wie früher?"

"Nein, lange nicht, und wie sie lebt, weiß ich wohl, wenn sie schon nichts sagt. Wenn der Zorn in den Mann fährt, so haut er Alles nieder und seine Frau zuerst."

"O, wißt Ihr denn das bestimmt?"

"Bestimmt genug, wenn man gesehen hat,

was ich gesehen habe. Als ich einmal ein Jammergeschrei drüben hörte, lief ich hin, um zu sehen, was es gebe. Als ich die Thür aufmachte, riß sie mir von innen der Zimmermann aus der Hand und lief an mir vorbei hinaus; aus seinen Augen kam's wie Höllenfeuer. Drinnen saß Vrony am Tisch, den Kopf auf die Hand gestützt und von der Stirn tröpfelte das Blut herunter; sie war todtenbleich und sagte kein Wort. Am Boden neben ihr saß ein kleiner Junge und schrie aus Leibeskräften. Vrony wollte mich nicht sehen, ich sah es wohl; ich machte die Thür wieder zu und ging fort; und seitdem weiß ich wohl, was drüben vorgeht, wenn das Jammergeschrei ertönt."

„Hält denn Vrony dem Allen immer still?"

„Nicht immer, einmal war sie verschwunden und kam drei Tage nicht mehr zum Vorschein. Am vierten Abend sah ich sie zurückkehren in der Dämmerung, sie sah mich nicht. Sie kam leise und matt herangeschlichen. Das war nicht ihr alter Schritt, sie hob den Kopf auch nicht auf, es sah aus, als sei etwas gebrochen in ihr. Drony war immer halsstarrig und hatte nie guten Rath annehmen wollen; aber wie ich sie so leise auf ihre Leidensstätte zurückschleichen sah, da schoß mir doch das Wasser in die Augen. — Gute Nacht!" sagte die alte Anne plötzlich und lief den Hügel hinab.

Ich war wie von einem Schlage getroffen. Wie nach einem Rettungsbalken, an dem ich mich wieder aufrichte, suchte ich nach dem Reichthum in meinem Innern, an dem ich mich so kurz vorher so hoch gefreut hatte; da sollte doch auch eine Hülfe, ein Trost zu finden sein für Drony, den ich ihr so gern geben wollte. Aber nach welchem Tropfen in meinem Freudenbecher ich auch greifen wollte, mir war, als könnte keiner, keiner von allen die rechte Erquickung bieten. Ein unaussprechliches Weh

kam über mich; ich saß an der Eiche nieder
und weinte. —

Als ich lange nachher die Stelle verließ,
stand der Abendstern über den dunklen Tannen,
ganz so, wie er dort gestanden hatte, als neben
mir in Vrony's leuchtenden Kindesaugen das
Verlangen nach den unbekannten Herrlichkeiten
der kommenden Tage geglüht hatte.

Weshalb ich damals Vrony nicht aufge=
sucht habe? Als ich an jenem Abend an der
Eiche weinte, war das nicht nur um eines
vorübergehenden Mitleids willen, was ich für
Vrony empfand, sondern weil eine dunkle
Macht an mich herantrat in diesem Leiden,
gegen die ich keine Wehr mehr hatte. Hätte
ich auf jene Stätte des Elends mit der Odyssee
in der Hand treten können und das zerschlagene
Leben mit homerischer Heiterkeit aufwecken?
So verdreht war ich nicht. Ich konnte damals
nicht zu ihr gehen!

Noch manchmal sah ich den Abendstern

über jenen dunkeln Tannen leuchten in den folgenden Jahren; an manchem stillen Abend stand ich auf dem Hügel und schaute nach der sinkenden Sonne. Manchen tiefen Kampf, den ich nicht vor Menschenaugen auszukämpfen vermochte, brachte ich auf die stille Stätte, und manche Stunde nagender Unruh wurde unter der schweigenden Eiche durchgerungen. Das Schönste, was von vergänglicher Herrlichkeit, und das Bitterste, was von Erdenweh in mein Leben gekommen ist, habe ich an jenem stillen Hügel niedergelegt: so ist er mir zum erinnerungsreichen Grabhügel geworden, auf den die Worte eingegraben sind:

„Menschliches Wesen,
Was ist's? — Gewesen!
In einer Stunde
Geht es zu Grunde
Sobald das Lüftlein des Todes d'rein bläst."

Es waren reichlich zehn Jahre vergangen, seit ich die alte Anne am Hügel getroffen hatte; sie lag schon lange unter dem Rasen bei der weißen Kirche.

Ich lebte seit Jahren in der Stadt, wo ich mit besonderem Interesse das Gedeihen des kürzlich gegründeten Diakonissenhauses verfolgte. Eines Tages sagte mir eine der Schwestern, es sei eine Kranke gebracht worden vom Berge herunter aus der Nähe meiner Heimath. Ich ging gleich nach dem Krankensaale. Da saß auf einem der Betten, an hohe Kissen angelehnt, eine völlig abgemagerte Gestalt, so bleich und elend, daß ich erschrak, aber gleich darauf erkannte ich die grauen Augen, die über den verlittenen Zügen aufleuchteten, da ich mich näherte. Vrony hatte mich auch erkannt.

„Bist Du's wirklich, Vrony?" fragte ich, an ihr Bett tretend.

„Ja, ja," rief sie, „und ich freue mich so sehr, daß Sie kommen."

„Vrony," sagte ich und gab ihr die Hand,

„wir wollen uns doch nennen wie ehedem; wir waren ja nahe Freunde."

„Ja," sagte sie zögernd, „ich wollte schon gern, aber ich bin so weit unten und — Du nicht."

„Welche von uns weiter herunter mußte, Du oder ich, Vrony, das weiß Gott allein, mich freut es auch, daß ich Dich wieder finde nach so langen Jahren."

Nun setzte ich mich zu ihr, und wir sahen uns an, wohl Beide ein wenig erstaunt, denn wir waren Beide anders geworden.

Vrony's graue Augen hatten ein neues mildes Licht bekommen, und ein veredelter Ausdruck lag auf dem todtblassen Gesicht. Tiefe Leiden hatten sich in die Züge einge= graben, aber nicht sie entstellt. Ein Hauch stiller Größe wehte mich an aus ihrem ganzen Wesen, der mich befremdete und doch bekannt anmuthete, als hätte ich immer gewußt, daß in Vrony etwas Königliches wäre, es müßte nur erst zur Erscheinung kommen können. Wir sahen uns eine Weile schweigend an, Jedes mit seinen eigenen Gedanken beschäftigt, dann sagte Drony plötzlich:

„Ich hatte Dein Gesicht nie vergessen, aber ich hatte es nur lachend im Sinn, kannst Du auch noch lachen wie in unseren Schultagen?"

„Lachen kann ich wohl noch," versicherte ich, „ob noch so, wie in jenen Tagen unerschöpflicher Heiterkeit, wüßte ich doch nicht," und in dem Augenblick, da ich auf die abgezehrte Leidensgestalt vor mir blickte und sie mit dem Bilde voller Leben und frische verglich, das mir von Drony in Erinnerung stand, lag mir das Weinen viel näher als das Lachen.

„O Drony," mußte ich ausrufen, meinem gepreßten Herzen Luft zu machen, „Du bist sehr krank, hast Du schon lange gelitten?"

„Seit Jahren," sagte sie, „ich will Dir die Spuren zeigen." Sie entblößte ihre Arme und den Nacken, überall war sie mit offenen

Wunden bedeckt. „So bin ich am ganzen Körper."

Ich konnte lange kein Wort sagen. Diese sichtbaren Qualen und alle die unsichtbaren dazu, von denen ich wußte, daß sie ihr Leben erfüllten, das Alles zu ertragen seit Jahren — wo nahm dieses Menschenkind, das vor mir lag, die Kraft dazu her? Und aus den Augen der Kranken leuchtete eine so warme Freude in all'. dem Elend, daß ich endlich fragen mußte:

„Drony, bist Du glücklich mitten in Deinem Leiden?"

Nie habe ich ein Gesicht so voller Sonnenschein gesehen inmitten bitterer Schmerzen! „Das bin ich," sagte sie, „ja das bin ich, so recht von Herzen, und ich wollte so gern Dir sagen, warum. Aber ich weiß nicht, ob Du es verstehen kannst." Sie sah mich forschend an.

„Ja, Drony, ich kann es verstehen, ich weiß, wie Du glücklich geworden bist," konnte ich sie versichern. Das bewegte sie sehr; es flog eine Röthe über ihr blasses Gesicht, dann nahm sie meine Hand in ihre beiden Hände und sagte mit bewegter Stimme:

„O, mußtest Du auch so weit herunter, daß Du lerntest, was das heißt: „Aus tiefer Noth schrei' ich zu dir?"

„Ja, Drony."

„Und hast auch Du erfahren und ausrufen können:

„Mir ist Erbarmung widerfahren,
Erbarmung, deren ich nicht werth?"

„Ja, Drony, ja."

„Und sagst auch Du jetzt mit Deiner ganzen Seele: Wenn ich nur Dich habe, so frage ich nichts nach Himmel und Erde?"

„Ich bete darum, daß ich das von ganzer Seele sagen möge; ich kann von Dir lernen, Drony, ich glaube, Du kannst das."

„O ja, o ja," sagte sie mit warmem Blicke.

„Das kann ich, auch sage ich oft dieses Wort

in meinem Herzen, und die Freude quillt mir dann darin auf wie ein frischer Wasserquell. Nach der Erde frage ich nichts mehr, ich habe keinen Wunsch mehr, als daß die Schmerzen bald mein Hüttlein zerfressen haben, daß ich heimgehen kann zu meinem Herrn, der mir so viel Leid abgenommen und so große Freude geschenkt hat, daß ich mich immer ganz laut freuen möchte. Ich habe es auch so gut, und nun wird es immer herrlicher! Zurück in's Elend muß ich nie mehr, denn wo ich noch hinginge, überall ginge ich, mich fest an der Hand des Herrn haltend. Aber ich gehe nicht mehr aus diesem Hause; von diesem Lager aus gehe ich hinauf in den Himmel, aus einer Freude in die andere!"

„Drony, nun ist die Freude in Dein Herz gekommen, nach der Du einmal begehrtest, die nimmer vergeht; weißt Du das noch?"

„O ja, aber so anders ist sie, als ich ahnen konnte, so viel größer und herrlicher!" —

Es war nun Zeit für mich, das Krankenhaus zu verlassen. Als ich Vrony die Hand reichte, sagte sie noch:

„Sieh nur, alle Tage macht mir der liebe Gott noch eine neue Freude. Wie schön war's damals, wie wir als Kinder bei einander saßen; und jetzt ist's noch viel schöner! Kommst Du auch wieder?"

„Gewiß, Vrony, recht bald wieder!" —

Von dem Tage an brachte ich jede im Krankenhaus erlaubte Besuchszeit mit Vrony zu. Ich traf sie immer in Freude, und doch sah sie von Tag zu Tag gebrechlicher aus. Die pflegende Schwester sagte mir, eine solche Kranke sei ihr noch nie vorgekommen. Der Arzt erkläre, sie müsse die brennendsten Schmerzen ausstehen, sie könne nur vorübergehend Momente der Erleichterung haben; dennoch klage sie nie und auf alle Fragen nach ihrem Befinden habe sie nur Worte des Dankes als Antwort, daß sie freundlich verpflegt werde, daß Jedermann so gut gegen sie sei. Hatte sie gar große Schmerzen, so lag sie ganz still mit gefalteten Händen da, bis wieder etwas freiere Momente kamen, da sie denn auch gleich wieder der Trost und die Freude aller sie umgebenden Kranken war. Oft trat dann ihr natürlicher Humor in einer Weise hervor, daß sich über all' die bleichen Gesichter eine lang vergessene Heiterkeit ergießen konnte.

Wir hatten schon manche schöne Stunde mit einander zugebracht, aber immer wußte ich noch nicht, wie sie zu dem Reichthum ihres innern Lebens gekommen war, von dem sie oft ganz überströmte; oft auch war sie ganz still und bat mich nur, an ihr Bett zu sitzen. Dann sagte sie wohl von Zeit zu Zeit:

„Ich kann nur nicht reden vor Schmerzen, aber in meinem Herzen kann ich doch singen:

Ich laß Dich nicht, Du Hülf in allen Nöthen!
Leg' Joch auf Joch, ich hoffe doch,
Auch wenn es scheint, als wolltest Du mich tödten.

Mach's, wie Du willst, mit mir,
Ich weiche nicht von Dir!
Verbirg auch Dein Gesicht,
Du Hülf' in allen Nöthen,
Ich laß Dich nicht! Ich laß Dich nicht!

Die Kranke hatte dann sehr gern, daß ich ihr das ganze Lied, etwa auch noch andere liebe Lieder vorsagte.

Einmal brachte ich ihr eine Pomeranze.

„O, o," rief sie mir entgegen, eh' ich noch recht im Zimmer war, „wie hatte ich einmal mein Herz daran gehängt, in ein fernes Land zu gehen, wo solche goldene Aepfel an den Bäumen hangen und die Sonne leuchtete auf feurige Blumen, und ein dunkelblauer Himmel darüber läge."

„Drony," sagte ich, „sag' mir einmal, bist Du nicht mit Deinem Manne weit fortgewesen? Wie war das?"

„Nein," sagte sie traurig, „o nie! Was hinter mir liegt, ist traurig, soll ich Dir's doch erzählen?"

Das wollte ich sehr gern. — Ich hörte nun von ihr, daß gleich nach der Trauung ihr Mann sie in eine abgelegene Berggemeinde gebracht hatte, nicht sehr entfernt von unserm Heimathsort. Dort hatte er ihr bedeutet, sie müßten einstweilen da bleiben. Auf ihre Frage, warum aber nicht gleich abreisen nach dem fernen Lande, von dem ihr der Zimmermann gesagt, dort fände er Arbeit genug, und ihr Leben würde lauter Genuß und Gewinn sein, gab der Mann ihr zur Antwort, erst müsse das Geld herbeigeschafft werden. Das hatte Vrony nicht erwartet, und noch weniger, was nun folgte. Sie war gewohnt zu arbeiten, brachte auch ihre Zeit vom Morgen bis zum Abend an ihrem Webstuhle zu. Aber der Mann hatte in der abgelegenen Gegend keine Erwerbsquelle. Von jeher ein leidenschaftlicher Spieler, saß er bald Tag und Nacht beim Spielen und Trinken, und nach einigen Jahren sah Vrony, daß weder von Ersparnissen

noch von Weggehen die Rede sein könnte.
Sie hatte nun einen kleinen Jungen, für den
wollte sie wenigstens sorgen und schlug ihrem
Manne vor zurückzukehren, dahin, wo sie Beide
eher Arbeit fänden; nicht in ihre Heimath,
das hätte sie nicht ertragen, aber in die
Nachbargemeinde. Sie kamen zurück, aber
der Zimmermann suchte keine Arbeit, immer
wüster und roher wurde sein Wesen, immer
wilder und gewaltthätiger verfuhr er mit
seiner Frau; im betrunkenen Zustande war er
der äußersten Rohheiten fähig. Vrony hatte
sich von aller Welt zurückgezogen; ihre stolze
Natur erlaubte keiner Klage laut zu werden.
Aber sie war in einen Zustand der Despe-
ration gekommen, der sie an den Rand des
Verderbens brachte. Sie hatte einmal an
unsrem Bergwasser gestanden mit dem Ent-
schlusse, Allem ein Ende zu machen; dann zog
sie der Gedanke an ihr Kind wieder zurück.
— Dann lebte sie wieder in dumpfer Ver-

zweiflung an aller Rettung einige Zeit dahin
und ließ Alles über sich ergehen — dann
konnte sie's nicht mehr und lief weg; aber
nun wohin? Sie wußte es selbst nicht. Zwei
Tage und Nächte irrte sie umher, sie wußte
selbst nicht wie und wo, nur daß sie fort-
während mit sich im Kampfe lag; jetzt wollte
sie ein Ende machen mit all' dem Elend, und
nun stand wieder ihr Kind vor ihren Augen.
Am Abend des dritten Tages saß sie
todesmüde auf einem Stein. Sie hatte keinen
Willen mehr, irgend etwas zu thun, auch
keinen Wunsch mehr, weder zu leben noch zu
sterben; auf der ganzen weiten Erde war kein
Mensch, der sich um sie kümmerte. So saß
sie auf dem Stein im dumpfen Gefühl des
Verlorenseins. Da tönte die Abendglocke unserer Dorfkirche zu ihr herüber. Das waren
wohlbekannte Klänge aus früheren Tagen.
Alte Erinnerungen stiegen in ihrem Herzen
auf. Sie sprang auf von ihrem Stein und

lief unaufhaltsam der weißen Kirche zu und in die Hausflur des alten Pfarrhauses; und nun stand sie vor dem Pastor, dem milden Manne, der sie einst unterrichtet hatte. Er empfing sie freundlich, und sie erzählte ihm nun Alles: wie sie erst getäuscht, dann mißhandelt worden sei, wie ihr das fernere Aushalten unmöglich und bat ihn nun, ihr von ihrem Manne fortzuhelfen. Der Pastor hatte ihr stille zugehört, bis sie zu Ende war, dann sagte er, was sie nie vergessen werde, wie sie sagte: „Vrony, Dein Mann hat großes Unrecht an Dir gethan, Gott wird ihn finden. Jetzt sucht Er Dich, und daß Du Dich finden lässest, daran ist ihm nun gelegen. Sieh, Vrony, nicht Deinem Manne, Dir selbst mußt Du nun entlaufen, sonst kannst Du zu keinem Frieden kommen."

„Das verstand ich nun nicht," erzählte Vrony weiter, „ich sah auch den Pastor erstaunt genug an."

„Gehst Du auch in die Kirche," fragte er mich dann, „und liesest Du etwa in Deiner Bibel?"

Beides hatte ich seit Jahren nicht gethan; wie sollte ich auch unter die Leute gehen zur Kirche, und warum denn? Auch die Bibel hatte ich mit allem Guten, das ich je gekannt, lange vergessen. Ich sagte es dem Pastor ehrlich.

Er sah mich so mitleidig an, dann sagte er: „Geh' nun heim zu Deinem Mann, und wenn der Zorn bei ihm losbricht, so falte Deine Hände und bete immerfort in Deinem Herzen: Führe uns nicht in Versuchung! Nimm auch Deine Bibel wieder hervor und geh' am Sonntag zur Kirche, Du weißt nicht, was Du da gewinnen kannst." Dann sagte er mir noch, wenn es mir schwer sei, so solle ich zu ihm kommen, er meine es gut mit mir.

So entließ er mich. Ich war wie verwirrt. Der Pastor hatte so liebevoll zu mir geredet, er hatte Mitleid mit mir, und doch schickte er mich so bestimmt zu meinem Manne zurück. Zwei Dinge gingen mir besonders nah, und ich wandte sie hin und her in meinem Herzen: daß ich sollte mir selbst entlaufen und nicht meinem Manne, und daß Gott mich suche, mich, von der ja kaum ein Mensch auf Erden etwas wissen wollte — ach, wie könnte der Herr im Himmel mich suchen!

Es kam so mächtig über mich, daß mich seit langer Zeit zum ersten Mal wieder das Weinen ankam, und ich weinte den ganzen Weg entlang, bis ich daheim war." —

Hier mußte Drony innehalten, sie war erschöpft, und die Erinnerungen waren ihr zu mächtig geworden. Als ich zwei Tage nachher wieder kam und sie fragte, ob sie mir weiter erzählen könne, war sie freudig bereit dazu und fing gleich an. Drony wollte den Rath des Pastors treulich befolgen, aber es wurde ihr nicht leicht. Schon an jenem Abend, als sie heimkehrte und ihr Mann sie sogleich zu schmähen anfing und seinen Zorn mit Mund und Hand an ihr ausließ, da wurde es ihr schwer, leise zu beten: Führe uns nicht in Versuchung! Aber sie konnte es und hielt stille. "Ach, und viele Tage kamen voll großen Jammers und Elends," fuhr sie fort, "und ich fing an zu verstehen, daß ich mir selbst entlaufen sollte, aber wohin? Der Pastor hatte mir geheißen zur Kirche zu gehen; zwei oder drei Sonntage brachte ich es noch nicht über mich, unter die Leute zu gehen nach so langer Zeit: Alle müßten mich ansehen, dachte ich, als gehöre ich nicht dahin. Aber am vierten Sonntag ging ich hinüber in unsern Heimathsort zu unserm Pastor. Er predigte über das verlorne Schaf, wie der gute Hirte es sucht. Und wenn es das geringste Schäflein seiner Heerde wäre, dem Hirten würde das Herz brennen, es wieder zu finden. Und hätte er eine ganze Heerde schöner und guter Schafe um sich, er hätte keine Ruhe und ginge dem verlornen nach, bis er es wiedergefunden! Auf einmal hieß es in meinem Herzen: das Schaf bin ich! das geringe, verlorne Schaf bin ich! Der Hirte sucht mich, ihm ist an mir gelegen! Wie eine Träumende kam ich aus der Kirche nach Hause. Es war ein Lebensquell in meinem Herzen entsprungen. Wie ein Strom überfloß der Trost meine Seele: Einem Hirten gehöre ich an, Er hat mich lieb, Er kennt mein Verlorensein, Er sucht mich, Er hält mir die Hand entgegen! Von da an wurde Alles anders in mir. Immer klarer sah ich, wo ich mir entlaufen mußte, aber ich wußte nicht wohin, o, und seitdem singe ich ohne Aufhören in meinem Herzen:

"Ich lag in schweren Banden,
Du kommst und machst mich los!
Ich stand in Spott und Schanden
Du kommst und machst mich groß,

Und hebst mich hoch zu Ehren
Und schenkst mir großes Gut,
Das sich nicht läßt verzehren,
Wie Erdenreichthum thut!" —

Als Drony fertig erzählt hatte, faltete sie still die Hände, und wir schwiegen Beide lange Zeit. Dann fragte ich sie noch, woher sie alle die schönen Lieder kenne? Sie sagte mir, nach jener Predigt habe sie dann auch ihre Bibel hervorgesucht und daneben liegend ein altes Buch gefunden, das sie als kleines Kind in den Händen ihrer seligen Mutter gesehen hatte, sie wußte nicht, was es war. Jetzt machte sie es auf und schöpfte von da an aus dem alten Liederbuche, wie sie mir sagte, solche Ströme lebendigen Wassers, daß ihr war, in keinem Elend könnte ihr nunmehr die Erquickung fehlen.

Als ich das nächste Mal Drony besuchte, mußte ich ihr sagen, daß ich für einige Wochen verreisen werde. Ich sagte, ich hoffe sie wiederzusehen, sobald ich zurückgekehrt sei.

„Nein, das hoffe ich nicht," sagte sie fröhlich, „sieh mich nur recht an!"

Ja sie hatte wohl Recht, man konnte über ihrem heitern Wesen ganz ihre Leiden vergessen, und diese mußten ja brennend sein in diesem mehr und mehr wunden Körper.

„Ich hoffe, wenn Du heimkehrest, werde ich im Himmel sein, dort werden wir zuerst wieder zusammentreffen; ich möchte Dich doch gerne wiedersehen!"

„Ja, Drony, dann auf Wiedersehen!"

Als ich zurückkam nach drei Wochen, da schlief Drony draußen unter dem Rasenhügel und alles Weh war für sie vorüber. —

In der weißen Kirche des kleinen Bergdorfes ist seit einiger Zeit allsonntäglich ein Mann zu sehen, immer in derselben Ecke, weit hinten, halb versteckt — es ist der rohe Zimmermann.

Drony hat es nicht mehr erlebt, aber es ist ihr Werk.

Draußen auf dem Hügel ist die alte Eiche umgehauen worden, aber im April duften die Veilchen unter der Hecke, und der grüne Abhang liegt still und lieblich in der Abendsonne wie vor zwanzig Jahren.

G. Pätz'sche Buchdr. (Otto Hauthal) in Naumburg a. S.

Im Verlage von C. Ed. Müller in Bremen erschien soeben:

Neue Christoterpe.

Ein Jahrbuch
herausgegeben von
Rudolf Kögel, Wilhelm Baur u. Emil Frommel.

Unter Mitwirkung von
Nicolaus Fries, Emil und Max Frommel, Otto Funcke, Emanuel Geibel, Karl Gerok, Friedrich Heß, Richard Leander, Oskar Pank, Max Reichard, Eleonore Fürstin Reuß, Heinrich Steinhausen, Julius Sturm u. A.

=== 1884. ===

Preis: broch. 4 M., eleg. gebunden 5 M., eleg. geb. mit Goldschnitt 6 M. 20 Pf., Liebhaber-Ausgabe in Halbfranzband 12 M.

Inhalt:

Zum ersten Advent. Gedicht von Marie Kögel. — Bruder Berthold. Gedicht von Rud. Kögel. — Der irdische und der himmlische Beruf. Von Fr. Heß. — Die Symphonie der Farben. Gedicht von K. Gerok. — Elisabeth, Landgräfin von Thüringen. Von Ludw. Renner. — Pelagia. Gedicht von Leop. Witte. — Fragmente über Kindererziehung. Von O. Funcke. — Salve. Gedicht von Eleonore Fürstin Reuß. — Die Rumpelkammer. — Die beiden Weiser. Erzählungen von Richard Leander. — Vom Passahmahl bis zum Grabe des Joseph von Arimathia. Gedicht von Aug. Schwartzkopff. — Ein Bibelabend in Holland. Von Rud. Kögel. — Dem Sohne, der das Vaterhaus verläßt. — Das Kind Gottes. Gedichte von Heinr. Keck — Uns' Herrgott un de Nimod'schen. En Holsteen'sche Vertellen. Von N. Fries. — Großstadt. Gedicht von Gotth. Knapp. — Ein Märchen. Von Adele Gründler. — Von zwei Bildern, eine Plauderei. Von Rich. Schrader. — Unterloses Schiff. Gedicht von Helene Bylandt. — Passiflora. Gedanken und Erinnerungen von Emil Frommel. — Wintersonnenwende. Gedicht von Ludwig Aegidi. — Gloria in excelsis, pax in terra. Eine Weihnachtsgeschichte von Heinr. Steinhausen. — Aus den Hymnen des Synesios von Kyrene. Uebersetzt von J. W. Arnold. — Dies irae, dies illa. Uebersetzt von Rud. Kögel. — Um Gottes Leitung. Uebersetzt von Theod. Häbler.

Die neue Chriſtoterpe.

Einſt wallte durch die deutſchen Lande,
Verjüngt mit jedem jungen Jahr,
Im ſchmucken feſtlichen Gewande
„Ein Mädchen ſchön und wunderbar".
Verſchwiſtert ſchien ſie mit den Muſen,
Und doch nicht dem Olymp verwandt,
Sie trug am fromm verhüllten Buſen
Ein goldnes Kreuz an ſchwarzem Band.

„Sie brachte Blumen mit und Früchte,
Gereift auf einer andern Flur,
In einem andern Sonnenlichte,
In einer glücklichern Natur,"
Und wo ſie in ein Haus gekommen,
Da ſchien ein Engel einzugehn,
Und wenn ſie Lebewohl genommen,
Sprach Alt und Jung: auf Wiederſehn!

Wo iſt der holde Gaſt geblieben?
Vergaß ſie ganz der Wiederkehr?
Hat ſie der Sturm der Zeit vertrieben?
Stehn Sarons Fluren blumenleer?
Giebt's keine Hand, die Gott zu loben
Noch fröhlich ihren Pſalter ſtimmt,
Kein Ohr, das, wenn die Heiden toben,
Ein Hoſianna gern vernimmt?

Wohl mancher Mund ist stumm geworden
Und schläft im stillen Bette lang,
Der einst in freudigen Accorden
Das Lob des Hochgelobten sang;
Wohl hat manch edler Harfenschläger
Den Erdenpsalm, dem wir gelauscht,
Im Chor verklärter Palmenträger
Mit höhern Melodien vertauscht.

Doch Gottes Wort ist nicht gebunden,
Und nicht gedämpft der Geist des Herrn,
Und hat ein Herz das Heil gefunden,
Noch preist es seinen Heiland gern;
Und sind's nicht mehr die alten Meister,
So leiht den Schülern mild ein Ohr,
Bis daß der große Herr der Geister
Sich seinen Assaph neu erkor. —

Im liederfrohen Schwabenlande
Begann sie einst den Botenlauf:
Nun taucht verjüngt am Weserstrande
„Das Mädchen aus der Fremde" auf;
Sie beut, euch freundlich zu bedienen,
Von Haus zu Haus ihr Körbchen an,
Und wartet mit bescheidnen Mienen,
Wo ihr ein Pförtchen aufgethan.

O, heißt sie liebevoll willkommen
In dieser trüben, rauhen Zeit,
Wo selbst die Guten und die Frommen
Zerklüftet sind in Zank und Streit;
Mit ihren holden Friedenstönen,
In ihrer sel'gen Harmonie
Der Erde Jammer zu versöhnen —
Ist's nicht das Recht der Poesie?

Verkennt nicht ihre heil'ge Sendung,
Fragt nicht: was dieser Unrath soll,
Und nennt nicht müßige Verschwendung
Des Dankes und der Liebe Zoll.
Denn Arme habt ihr alle Tage,
Viel giebt's im Dienst des Herrn zu thun,
Doch nach des Tages Last und Plage
Darf man ihm auch zu Füßen ruhn.

So schütte, deinen Herrn zu grüßen,
Den Salbenkrug mit Freuden aus;
Laß reichlich deine Narde fließen,
Und voll vom Dufte sei das Haus. —
Und Du, Herr, was Du selbst beschieden,
Nimm's gütig nun als Opfer an
Und sprich: Laßt mir das Weib mit Frieden,
Was sie gekonnt, hat sie gethan!

Karl Gerok.